朋友，又面了。

手被病缚，难执笔簪，望谅字鄙。

当确认这本书可以面世、写下这句话时，正值冬末檐下听雪水泊泊。不知你于何时何地收信、在何种天气里展纸如川，今生多少淅沥都在流向你。

这本书是我们正在进行的两种时态，是雪檐下听着恍如隔世的雨声，是往事的尾声走到此刻终可以结束，而那些明明已结束的，仿佛又在似曾相识地发生。

我写我们皎洁的回望与隐喻，写我行云，徒劳的堆砌无处不在的雪月中的重逢。

与我们的从前与现在，都在未来一并发生。

一切。都在过去。

一切都。在过去。

一切都在。过去。

毕加索山脉

解春秋

2024.2.23

孤独的人周身如月

○ 解春秋 著

南京出版传媒集团
南京出版社

图书在版编目（CIP）数据

孤独的人周身如月 / 解春秋著. -- 南京 : 南京出版社, 2024.5

ISBN 978-7-5533-4796-7

Ⅰ. ①孤… Ⅱ. ①解… Ⅲ. ①诗集－中国－当代 Ⅳ. ①I227

中国国家版本馆CIP数据核字(2024)第091073号

书　　名　孤独的人周身如月
作　　者　解春秋
出版发行　南京出版传媒集团
南　京　出　版　社
社址：南京市太平门街53号　邮编：210016
网址：http://www.njcbs.cn　电子信箱：njcbs1988@163.com
联系电话：025-83283893、83283864（营销）　025-83112257（编务）

出 版 人　项晓宁
出 品 人　卢海鸣
策划编辑　汪　霞
责任编辑　张　莉
封面设计　崔致妍
版式设计　赵海玥
责任印制　杨福彬

排　　版　南京新洲印刷有限公司
印　　刷　南京爱德印刷有限公司
开　　本　889毫米×1194毫米　1/32
印　　张　6.125
字　　数　30千
版　　次　2024年5月第1版
印　　次　2024年5月第1次印刷
书　　号　ISBN 978-7-5533-4796-7
定　　价　48.00元

用微信或京东APP扫码购书

用淘宝APP扫码购书

在这副身体里
爱与孤独没什么区别

自序：我不过是一块沉重却结实的石阶

这是本书最软弱的一页，因我竟要试着讲述自己，或谓之解释。

这些简短而琐碎的文字起始于医院，实为二十岁的我不知该如何面对全身瘫痪的命运。在忍受疾痛和绝望时，我把注意力转入漫无边际的思考中，所有酝酿只能趁偶有休息匆匆落笔。我在厄运中尝试把握什么，而生命仿佛始于某刻的自觉，毕竟轮椅是我生的谷底，但不该是命运的归宿。于是我试着用头脑和文字对抗身体与现实的双重困局。

我知，如若缺失书写的对象或朝向，自陈的笔触是乏力又空洞的。你也知道，在我试图为文字书写寻求正当性之时，我亦在暗中为自己残存的身躯和性命辩护。被命运放逐时，行李中离我最近的是回忆，是窗外的山川风物，是周身的苦楚，于是我就从离我身最近的写起。不是吗，书写与呈现本身就是一番侥幸，但我仍愿在这些微小的可能性里有所坚持，给所有可延展的意义留足可生长的空间。

所谓不同的命运经历，皆能赋予此人更多生命的视角，我每每如此来理解自己所遭的厄运。即悲痛可以作为一段距离和一层审美，而非美化苦难。命运的重压后，我如舔舐伤口般重新讲述自我，以穷尽前生的茫然失措，虽在情感面前必然显得苍白，在人性之下无疑显得单薄，但除了书籍与诗我再无其他凭借。

彼此的人生苦已至此，我无须再刻意营造压抑，而是我们都要明白，从初始情绪对人的摧毁性到掌控情绪的自制力，这段缓慢成长中的专注忍耐，重压磨砺，理解与视野的增长，皆是一次次拔升情感审美和文字建筑的邀请与契机。我绝非有意作横亘在生活中的拦阻，我不过是一块沉重却结实的石阶，想来你也将携带着你的荆棘与长路，读完本书恳请从我身上踏踏实实地过去。

采用竖列排版到底是我的固执，我也担心你会产生些许疲惫。

但倘若某日，你也头抵窗口久久失焦远眺，玻璃雾面迷蒙，忽而水珠滚落，从上拓下长长短短的清亮水痕，恰如本书文字的参差错落，于清亮中你忽而望见了自己的眼睛，或许此刻我排版的固执及心意，将有幸不言自明。

本书三辑，这显而易见的过渡与递进，亦为我这些年的心路历程。只愿独居困厄者身碎仍为银，愿长路流放者退潮再持明月心，愿攀登历险者终获高歌与沉默。

最后，抱歉我力竭脱手处偶有笔锋伤人，那并不代表我预告了你的人生。但若有幸多年后再碰面，我会问，当时真的没有吗？

目录

辑一·碎银

那晚我梦见
我身是沉痛的黑夜
白雾　风雪　银河无不穿过我
当我捡拾月光
月光又碎成我皎洁心事

〇〇一

幸也不幸
静水的流深
都源自创痕与流逝

〇〇二

暮春初枝落
夜鸟宿梦何
久从山林过
风月应识我

〇〇三

我在干漠
却有着一切雨林烦恼
当我身体习惯了荒芜时
才明白　河流恣肆
为何最后总是独自离开

〇〇四

欲望纷纷
经一夜月光冷晒
清白只有二三
净枯萎了遍山的不可言明

〇〇五

伤痛　先是屋漏
整夜黑雨淋透
又自此潮湿
朝夕不歇

〇〇六

她于我
一如白鸽撒在雪地
冬天里我们干干净净
春天里我们明明白白

〇〇七

昨夜在厨房
我借雪梨
掰开一段月光

〇〇八

弃昨日种种
是你应在雕玉
而非掩瑕

〇〇九

荒芜　是如何失去
衡量荒芜的尺度
当我踏出荒芜
疲惫的脚步
便成了荒芜的延伸

〇一〇

人生行路大抵不必回头
每一回头
都是一场春雪

〇一一

其实把悲伤打碎
里面空无一物
但 已经碎了

〇一二

恋人表白之前
夏天永不知晓
于这世间
自己更意味着什么

〇一三

人群一旦喧闹起来
我总觉得与他们
隔着很远的东西

〇一四

对岁月甚歉
如斯般不舍昼夜
未能易我分毫

〇一五

临别花语轻
从前草木连道
最抵多情

〇一六

远处嗅到栀子花香
白色近眼便裁成
一件贴身衣裳

〇一七

晾晒旧衣　越洗越淡
阳光　时光　并非只作剥夺
颜形消退的同时
也定加深些什么

〇一八

疏漏的事
是忘取回晾衣
被淋湿在那儿
后来接满雨和月光
倒也一滴未漏

〇一九

为了藏进字里行间
于是他就去写
藏进非理性的追逐
藏进非感性的话别

〇二〇

海
睡在我今晚的山里
月光做译　万物坦诚

〇二一

时间是不由钟表决定的
二人分开后
分秒　有了各自的走法

〇二二

谁把闲言挂于枝头
风月一过
便起了诗眉

〇二三

树枝每被风忆起
便被风压低
如此有趣
世界多以否定
注意到你

〇二四

夏日后山
读错寄的信
白昼长了　树荫短了
很多事情遥远到
只能借影子靠近

〇二五

旧衫
石桥边
洗至褪白
百世后　作新衫再来
那种干干净净的陌生

〇二六

当理解敲门时
我掩门的神态
像某人在纠结地看着
烟盒上的对健康有害

〇二七

江郎每才尽
再烧一次赤壁

〇二八

情绪　情感
时刻紧绷如琴弦
世事无常地撩拨
如是　我被演奏着

〇二九

最不必因晦涩难懂
而赋予其深意

〇三〇

我吗　没有被孤独包围
是我　圈养了整个孤独

〇三一

我　是那种
大风也刮不净的微风

〇三二

总是止不住地倾诉
如雾　如霜　如露　如雪
我在照做着
天空对大地　惯做的事

〇三三

不可因非人之磨难
而生出犬牙

〇三四

我与你淋过同一场雨
那些不可名状的湿透
便有了模样

〇三五

出山前
住惯了山里
错以为　世上困阻
都有其出路

〇三六

身体同植物来感受
岁月　如何
温柔地凋敝我
如夏日对莲花的剥落

〇三七

山海往复
如水之人不惧分别
正是流逝
使他们殊途同归

〇三八

又雨　再想起
递伞的人
是人群递出的夏意

〇三九

雾一样的人
茫茫中接近她
便在茫茫中穿过了她

〇四〇

想念
应如海风里的绸缎裙
干湿不粘身

〇四一

常常淋雨
这并不影响日后
仍然会被雨淋湿

〇四二

绿　浓到转向保守
浓到不接受新枝的初绿
夏天便已过去了

〇四三

风雨大作后
贴在玻璃上的碎叶
曾被夏天短暂爱过
不规则的吻痕
不规则的爱意

〇四四

玫瑰不懂得掩盖脸红的初心
当我穿上了你的目光
晚霞刚好读完最后一条街道

〇四五

月亮升起
夜晚才如释重负
月光　像是落地的
白色叹息

〇四六

就看云吧
流云遐想
这个世界短暂的出口

〇四七

瀑布怜我
如今你终究
从壮美中看懂了
我独自坠落的百个世纪

〇四八

毕业时
稻谷成熟　低头道别
只等岁月静酿　多年后
我们　身为醇酒相见

〇四九

我恰好是
在你情书里
不知如何是好的错别字

〇五〇

叶子醒在枝头
它所梦见的人海
会是起风的森林吗

〇五一

太多残缺的事物
用地上的乌桕月影
换作光阴的碎银
强买走我整夜好眠

〇五二

我想写一段字
先像海浪的抛起
稍稍沉顿　再落下
我与我又做了重逢

〇五三

于人声鼎沸之中
疑问已是间接抒情

〇五四

窗外大雨滂沱
摸索出一条河流的名字

〇五五

风声里
海浪与林涛
承担了同一副叹息

〇五六

去认识你
千山万水我亦非跋涉
而是困惑与答案
枝根蔓生着靠近

〇五七

丝毫未觉　这一路上
苔痕铺垫了那么久远
好似人蹉跎时
不觉与蹉跎同行

〇五八

雨伞
使干湿各得其所
是我能随身携带的
不悲也不喜

〇五九

我频频叨扰寂寞
寂寞都烦我了
更寂寞了

〇六〇

我们离得最近那次
一纸红柬
两面分别是各自
规规矩矩的名字

〇六一

沧海桑田
讲的是时间尺度的起伏
山石也在做海浪做的事

〇六二

少女把心思叠进裙裾
走神的褶皱处
藏得下四季

〇六三

波澜偶成的话语
唯漂泊者会意

〇六四

多情　如藤蔓
被关在门外
也要忘我地节外生枝

〇六五

那些病中时日
像在雨夜烤柴
偶尔有火
一直流烟

〇六六

让我们逃吧
一并逃出对逃的定义

〇六七

夜色为衣
心事是粒粒纽扣
人从来都是
自己遮挡了自己的月光

〇六八

有鹭鸶来栖河边
近日沙滩的晨曦
较之前白得早了一些

〇六九

风
也从未觉得流浪轻松

〇七〇

借用的故事
早晚有时
要添上自己的
一并还回去

〇七一

夜里重读旧书
读一些从先前沉淀的目光

〇七二

秋天的我们
在同一枝命运
叶子相似叶子
清风过后清风

〇七三

我遮盖伤疤的刺青
是否过于精美了
以至于你有几分得意
亲手伤害过我

〇七四

把我时间都偷走
会有分赃不均的争执

〇七五

能安住在草原
温柔的灵魂里
都睡着狮子

〇七六

把字句写得密不透风
实则是他的千疮百孔

〇七七

想念一个人
要用尽多少场大雨

〇七八

贫穷
不论我们在讨论什么
它总能插进来一句

〇七九

秀木于林
不得不远走他乡
偏见与非议
是他要翻越的山脊

〇八〇

浮萍无牵挂
他无根
被雨打沉一百次
会浮起一百次

〇八一

某种爱意
好似专为你而来的雨
撑伞　收伞
仿佛都不合时宜

〇八二

二十四岁生日
夜里佯装睡着
岁月照常悄无声息
我亦暂时按兵不动

〇八三

敷衍　就像
我用竹篮接你的泉水
你用瓷碗盛我的月光

〇八四

时间如透明的封土
一层层埋成今天
你还觉得脚下空空吗

〇八五

枯叶还在枝头揣测
假如能被秋天在意
也不必用离开
急于向秋风证明什么

〇八六

夏日留予秋冬信物
近看是果实
远看是种子

〇八七

叶子决定去了
风再来时不会那么响了
人决定去了
喧嚣只会使他更沉默

〇八八

大风贴身而过
像死亡能给苦厄裁出
一件最得体的衣裳

〇八九

雨滴炸裂　点点驳驳
云朵殒身　点燃了
透明烟火

〇九〇

此刻秋风的余馨
来于他曾读遍整夏花色

〇九一

虚度时日
长袖善舞中风声鹤唳
岁月倒戈前草木皆兵

〇九二

信里写到秋末
总想给森字
再多添几笔枝丫

〇九三

能走出雨季的
从来不是伞
而是不惧蹚湿的自己

〇九四

星夜美得不像话
山风烂醉
几度闯我床帏

〇九五

叶将行
疲于回应风声
索性于斑斓之初
脱落个干干净净

〇九六

故事　会心一笑
往往是讲与听的合奏
是一半秘密
打开另一半秘密

〇九七

落叶时节
稿纸如入深秋
能被提起的遗憾
都已层层叠叠

〇九八

不知该如何原谅
索性把曾对我的陌生
一并还你

〇九九

秋日敢于留下瑕疵
好让人们更期来年
如此时卷云
美在拒绝被完成

一〇〇

文字
一种美　如华美的衣裳
一种美　如穿衣裳人的华美

一〇一

雨　只是想用打湿
在你的记述里
占据一小处位置

一〇二

十六月圆
照十五看月之人
所有圆缺

一〇三

海边的秋天来得晚些
来吧　来展开
被海浪折叠的时间

一〇四

那种被迫的一无所有
可不是真的干干净净

一〇五

他们
迟迟想不起我名字
我站成一棵枯树
落叶都提心吊胆

一〇六

那一丁点儿烦恼
总是能在茫茫人海中
准确地找到我

一〇七

沉默　似白发
结住霜的喧哗

一〇八

回忆　有着轻微触感
留恋　是时间相碰的波澜

一〇九

年轻时
还未分清时间是敌是友
便急于向世界开战

一一〇

不觉得拥挤吗
你常相处于那些个
被别人评价的自己

一一一

月亮不睡
有人学他拾荒
收集地上泛白的旧梦

一一二

自问自答
就像独自出门
又独自找回家

一一三

眼泪流过
是海在人身体上
又一场小小的漂泊

一一四

风翻乱我笔记
想看自己被写在哪里

一一五

庆幸的是　我的缺憾
也在完整着我的一生

一一六

我视枯裂
是时间必然的开解
随后秋意盎然

一一七

用好思念留下的痕迹
愿你日日饮水思人
多留些水的清明

一一八

独自走过夏日后
我便少与人分享体内的秋天
唯独剥落是解释的真相

一一九

我自知不是莲
遂不敢涉淤泥太深
自身清白是最大净土

一二〇

关系破碎时
沉默是寸寸锋利

一二一

秋凉人稀
但金桂愈开愈不孤独
花香会打开另一花朵

一二二

你听大风聒噪
喋喋不休的远方

一二三

凋零只是表面相似
在孤独的外壳下
生命的核心里
都睡着各自的秋

一二四

我来晚了
落叶正对我纷纷
也不必空等来年
明年有明年的错误

一二五

秋曾允诺
晴天偶尔
晴朗永存

一二六

他写遍离别
只为美化
被剩下的那个自己

一二七

此时
落花被果实原谅
我也该试着原谅过往

一二八

秋日里洁身自好
我把秋风视作一股
生命自省的惯性

一二九

秋冬之交
我喜欢回温过往
我有义务
照顾好从前的自己

一三〇

流言野蛮生长
满城风雨后
连荒原都不留给你

一三一

太阳所匀给我们最后的温柔
是晚霞黄昏
是自己坠落时的一点擦伤

一三二

日子久了才意识到
我是我自己的一场大病

一三三

习惯了用占有表达存在
可偏偏
鱼是水的裂痕

一三四

每当有人
为寒冷拼凑合理的借口
冬天已悄然发生

一三五

当他的渴望和付予
不再受换季的影响
从此时间便不能伤他分毫

一三六

冬日里呵着气　我们
是最贴近地面行走的云

一三七

在这条路上
他浸透了夜的凉
也淋满一身星光

一三八

我是这样一副自恋的人
谁若爱我　便是情敌

一三九

是什么把
看海的人
变成了另一片海

一四〇

我的漫不经心
是种防备　预感到被拒绝
我便改口随意说说
雪花随意落落

一四一

我在岸边不停地走
确信　这里有两条河流

一四二

山中相逢
教你取火的人
忍受过几多寒冬

一四三

白发
是我独自一人
信马由缰太久
身上的黑夜被月光磨损

一四四

生活是场活埋
幸好我外套还夹着花的种子
当你们看望死亡的同时
还将看见盛开

一四五

名字无辜
一个个被用旧的故事
遗忘　是把我还给了人群

一四六

黑暗日子里大口吃的饭
也是阳光的循环呀

一四七

将夜之前
我已醉过夕阳的烂漫
甘心向黑暗从容阔步

一四八

清晨醒来　大雪素裹
世界回应了灵魂的剥落
这种重逢　实在是种喜悦

一四九

坏天气拉近彼此距离
更多意义附丽于此
我们一起去看雪
成了下雪的言外之意

一五〇

雪亦群居
世间美好往往互映皎洁
我因黑暗结识众多月光

一五一

相遇　是时节里温柔的转折
从此夕阳不再是坠堕的光
从此白昼渐长
梦更难忘

一五二

生活总是雪月同归
深夜　使我醒来或难眠的
是同一种疲惫

一五三

你真该来山里陪我
看雪池如海浪往复
人生若经历了三两憾事
才知道　时间的姿态
不止有流逝这一种

一五四

在水边写遍名字
后来我所经历的雪
都是水　皎洁的告别

一五五

等待使季节变得漫长
愈是寂寞　愈是难忘
山河与故人早已换了新装
唯独我身体里有一轮旧月亮

一五六

我和沉默之间不沉默
在落着雪

一五七

自那人走后
夜夜用黄昏熬粥
凉透温柔

一五八

没有非此不可的比喻
能被借代表达的
就能被另一种替代

一五九

画我
就要从光影中剥出
一个不朽的沉默

一六〇

安之若素　是为美德
雪无味
静看雪的人　近乎芬芳

一六一

那年冬　我到你故乡
阒然无人的清早里
你比我更懂江南的雾
我比你更明白
情字向来误春风

一六二

如雪花般自由
或飘向远方　顺从灵魂的风向
或从容坠地　好似回落故乡

一六三

我也曾试图挽留短暂
可在忍耐严寒中明白
不必为了接近雪
而变为冰

一六四

我们只是恰巧
路过同一场雪
我却错以为
是你心意的皎洁

一六五

黄昏驻进烛光
趁余热写至深夜
可已经太远
远到灰烬即是回信

一六六

是谁在夜里跋涉
净背一身月光
是醒来的我
孑然一身　只带着前程

一六七

住处偏僻
起风就是远方
既然早晚无人来
这夜还值得这么黑吗

一六八

若止步遗憾
于念旧之人
一切皆是离他而去

一六九

我们可不可以谈谈海
和所有潮汐相似的东西

辑二·退潮

生命应当以何为棹
对抗这汹涌的苦楚和虚无
直到我学会向内生长
以深沉　去伪存真
用退潮　来丰满灵魂

一七〇

北方的春来稍慢
胭脂晚熟于少年
那些早青的心意
总是先遇春寒

一七一

荒芜　是旷久的盛意
一如人消失的春野里
风声从未寂寞
他是自己的歌

一七二

深爱　是埋入宁静
不忍再送泪别的人
此后由风月替我见你

一七三

最好
在我人际中
不谋春耕秋收

一七四

孤独的人周身如月
这种不为人知的白
随云般
被流放他乡

一七五

山中访客的跫声
是次第梅开的回声
薄情寄多情于枝丫
冬春一年
就有两度白头

一七六

妙手回春
算不算于死亡手里
抢走了什么

一七七

春池映面　仿佛显老
疲惫的笑容起风便皱

一七八

倒春寒时
起身与岁月平账
人间已赊我　二十余冬

一七九

身陷花海
近乎被爱

一八〇

不被人理解的性情
如夜樱的阴郁
是反穿着的华丽

一八一

我应　活二月苞叶欲裂之活
死春后花事荡然无存之死

一八二

近日天天有雨
对淋湿的人难免动情
我读你的书以度春阴
你三两滴笑语
浸润我疲皱的灵魂

一八三

山雾里有树
位置离奇突兀　它说自己
是过冬囤积的松果
本是备于困顿的希望
却也在被遗忘中
独木成林

一八四

冰的独白
我可以成为任何一种水
却唯独不能长久做自己
就用我煎茶
尝透春夏　咽下冷暖话

一八五

人的二十岁
有月光　也有荒草
唯独你领教过流水无情
才得以撷取江河之清风

一八六

不必远道来访
我终将如大雾散去
春天的那个我
一直在风里

一八七

春天时常词穷
期待一切意义终得延展
活着的　等花开
死去的　等风来

一八八

多年攒下的良夜
我穿之为衣
常被白昼磨碎领袖
我仍可躲在身体里
体面地怀旧

一八九

听我诉说　完全不必担心
向你说起这里的雨时
其实雨已经过了
长大后凡事皆如此

一九〇

在海边　说起遥远的事
海水顺从我们的沉默
冲淡一种咸　又带来另一种
黄昏恍惚加深皱纹
使人无辜老了几岁

一九一

深陷三月
试用月光　解失眠的渴
同行之人不必记其姓名
逢初春　再初识

一九二

若未能与自我和解
独身一人　犹如困兽

一九三

于此生而言
我是自己的雨
也是自己的伞

一九四

樱树要想明了世间事
还差多少场樱花雨

一九五

春夜　家徒四壁
舀净烛光
灌满溪声与月亮

一九六

看锅里熬煮着人间烟火
从菜市场回来的我明白了
散装的浪漫最贴宜琐碎生活

一九七

走马观花可知花的心焦
虽此地来年芬芳依旧
可你的来年
未必见我的来生

一九八

仅剩的那朵花
想必是哪只蝴蝶
于枝头落定的旧梦

一九九

她见雪山的一瞬
忘记了什么是白
抱紧自己　如花事夜敛
美好且不自知之间
她自身是莲

二〇〇

相比蝴蝶
人美在
四季皆可破茧

二〇一

小时候第一次告别海
我便知　如海这般
自我圆满的孤独
不该被人打扰

二〇二

老奶奶银发插花
说桃林是开在人间
典当光阴的铺子
赊胭脂　不赊美丽

二〇三

春阳里
暧昧的藤蔓横生
我的夜晚黑到近乎清白
我有幸不被春天所爱

二〇四

春风忽冷忽热
像爱与试探
我经常比遗憾晚上半步
可在回忆里
你总是能占尽先机

二〇五

春风至此绊了一跤
心事稀稀落落
在北方撒下星点桃花
读花　读春天
读盛开如何翻译土壤

二〇六

能否洗尽杯沿
人事来去的唇印
那些你想擦净
旧事如吻的热情

二〇七

早春终到晚春
我不愿做可有可无的一瓣
又不甘是仅有的一枝

二〇八

裁缝的技艺　更在于
以类聚　修剪人群
一并收放　他人的目光

二〇九

身后的每个日子
都过得像树
独立　挺直　向上
任由季节修改语境
我仍有我的深林

二一〇

内向的人们
在白日人潮里
梦着同一轮月亮

二一一

若是自身了无趣味
何苦去浅薄海棠无香

二一二

我们所经历的告别
无非是对漫长的告别
最后的一次确认

二一三

雪压竹枝断落
君子谋群亦如这般
白白净净地凶狠

二一四

一夜之间
荒山上杜鹃次第盛开
像静寂的病房清晨
猝然蔓延的咳嗽

二一五

人来人往中
蔷薇脸红
偷偷以为
自己学会了爱情

二一六

插花时明白了
剪刀虽比花枝短
但不会比犹豫长

二一七

眼泪
是人体内略微的海浪
每每借眼里的风景突围

二一八

回廊　等人时抄经
脚步近时　抄错一字
脚步远去　又错两处

二一九

如果不写日记
我与世界终是过路人
若写得日记
又像是算账人

二二〇

去时我留大风
每来时闻松籁

二二一

这么些年
你总是醉他人之酒
来碰倒我的杯

二二二

我一生是多余的雨水
匍匐于人海
可我仍替河流跨越山脊
流浪如我　卑微
但向上的浪漫主义

二二三

寸时寸金
失眠夜　从月光里
换回一把碎银

二二四

今夜
由我照看人间
换得
月亮不计圆缺的好眠

二二五

晴日里　树木的蒸腾
是缓慢向上落的雨

二二六

食谱与口味互为眷属
爱是保持终身生长的食欲
并非暂作饥肠的填补

二二七

重逢最初的局促和沉默
是付给久违时间的利息

二二八

天亮后
月痕仍是美的
我试着从中学会
如何美化错位和推迟

二二九

深晦之于愿懂的人
实为一种默契
有人被困在理解里
有人字字珠玑　逢场作戏

二三〇

初夏夜幕
像一匹冰缎黑绸
俯瞰万家偶有未眠灯火
每个明灭处
皆是人间的绉子

二三一

栀子花用香味说话
闻香而生的心绪
都是她的字词

二三二

落日后的黄昏　仿佛
是谁丢了主语的人生

二三三

清澈见底
说的先是水底有物
如此识得人心清澈
有别于空洞的透明

二三四

那时还不知晓因果
情绪　性格　命运
二十岁的些许缺陷
一直裂到三十岁
就成了答案

二三五

于海边学得平静
学潮汐此起彼伏
跨越了时间的动态互补
从此我时时能静了
海却不能

二三六

从前河滩洗衣裳
往事一并摊晒
浊的　净的　都淡白地去了
再回来时便是雨
又湿在身上

二三七

夏天的年纪
人把自己捏在手心
自卑着　怕打折降价
欲望着　怕无人问津
旧下来了　那枝玫瑰

二三八

簇拥你脚底的浪沫
也曾是某处黄昏
熟透的云朵

二三九

青苔鲜活
是孤独人们
未露伤口
仍暗地里流着的血

二四〇

不再被困在碎茬里
我用写作　接住多年以前
自己伸手打翻的杯

二四一

孤独
是必要的贴身行李
车厢拥挤时
保护自己最后的气味与距离

二四二

月下枝叶微亮
暂被灯光遮掩的美
会是谁来日的不眠
今晚还睡在路上

二四三

有些幸运的雨
恰好落进你对雨的理解里
我喜欢在雨天写写笔记
好让一些解释
走出我的身体

二四四

他也年轻过
发间的夜色不肯褪
白昼早已汹涌而来

二四五

季节缤纷
穿人作为衣裳
寂寞　都是衣裳的寂寞

二四六

伤疤　是经历苦厄
肉体上　一处时间的折痕

二四七

若被困于荒野
连空旷与空旷
都是挤在一起的

二四八

不完美的二人靠在一起
共有的缺口
反倒轻松了彼此的呼吸

二四九

能打湿你的都是重逢
落在你伞上的雨
还在云时
便多与你有了关系

二五〇

人生入夜
眼睛短暂　月光悠长
月亮　是目光的故乡

二五一

缺失在磨损中
增长其意义
许久不曾出山门
我比世间悲喜
又矮了一个夏天

二五二

表白已是这病的晚期
玫瑰像暗红色的咳嗽
咳出无可救药的肺腑

二五三

世界假借能愉悦你的
传递了美的意义
夏天通过你周身的美
早已拜访过你

二五四

留足分寸
留足闲适　我们
躲回各自的月光
勿用晚安
绑架夜晚的悠长

二五五

阴晴是一类语调
悲伤　人生来就有
如何表达　落字成言
是阴雨教会的某种天赋

二五六

山火蔓及
荒野的无力
先烧到了我身

二五七

秋来仍留在你身边的人
是夏天给灵魂打上的补丁

二五八

我坐在黄昏前
看夜晚的手法
夺舍白昼也演得华丽
最后再美化受害者
对此我当然熟悉

二五九

天晴后
不要再用雨的眼神
去看待自然而然的河流

二六〇

大风送出
树与树的拥抱
我们不必讲太多话语
知你存在　即是回声

二六一

总有黄昏雨
断我夜行路
不必忧人孑然失落
我仍有千山万水可错过

二六二

森林绿到近乎喧哗
但不能代表
无枯木正苦寂

二六三

人生有别于流水
倘若过于平静
回忆反而粗糙

二六四

人若不曾撞到沉重的事物
很难参透这杳杳钟声
深远　多源自不幸的回响

二六五

错过的人
是你为自己
亲手挑选的秋天

二六六

雕刻　是向内的取舍
引发向外的意义
人是月光最完美的雕塑
用孤独剔净灵魂的冗余

二六七

对秋山的萧瑟保持谦忍
咬紧的牙关里
活着我到过的所有江南

二六八

孤独自得是场丰收
唯寂寞只造就荒年

二六九

淅沥半生
若要习惯阴雨
就要习得对悲伤即兴发挥

二七〇

失眠的人
相较于人群
是一小抹
藏在黑色里的深蓝

二七一

从冰山来信
此地流水一夏　失无可失
自雨林回话
他们走出阴天　仍在淋雨

二七二

偶然读懂他一句
才发觉等我这么久
可又该如何诉说
那种读懂后　感到失去

二七三

失眠仅是睡眠的贫土
却能孕育另些繁盛
于是　暗夜丛生

二七四

人生如果是个句子
仅有错字　倒也还好
可悲的是　照着错误
仍读得通

二七五

大浪淘沙
退一步想
沙与金　都能找到
适合自己的浪潮

二七六

与你再晚些时候见面
到时我们坐拥两倍黄昏

二七七

周末　一场家具的战争
我身体里那部分书桌
被床给打败了

二七八

他在岸边凝望
过往如水般回溯
他身上的湍涌　是芦苇
未敢涉足的河流

二七九

善待尚温的秋风
那种朝你走了许久
略带疲惫的温柔

二八〇

秋雨　总是搬弄
人心中潮湿的位置
这本是夏阴该做的事

二八一

月亮的动物性
瞒着其他睡着的色彩
在夜里　偷偷地亮下去

二八二

迟到
在忧虑的眼睛里
美得惊心动魄

二八三

苦难之人
被书写的命运
苦难之人
亦被作为笔尖
而被磨损

二八四

风霜常催我备酒
唯枫林与我共醉

二八五

在秋末
一叶叶相思漶漫无名氏
又岂是西风迟迟不肯寄

二八六

我的孤独
有风声鸟鸣
足足喂养起十万大山

二八七

秋天会抱住你的全部
不论是踩空或错误
你一叶知秋
秋天却从未
凭只言片语认识你

二八八

经枯叶埋没
我的坦诚将更隐秘
秋季　来到我的身体里
成了你谎言的流放地

二八九

夏后
想予你莲子三五
尝尝此心清苦

二九〇

悲伤不过是早熟的秋
我仍有些挂念不肯熟落
秋天迟迟不愿路过我

二九一

此时遥望的人
此生彼此的月
自此别处
盈难补缺

二九二

不惧怕黑夜之人
其勇气
更来自心里
藏着曾经错过的月亮

二九三

夏天写就的长句
删删减减便是秋
深刻的离别都简洁
这换季里难免的皴裂

二九四

乐观之人
也常被生活磨损
只是多在痒处

二九五

你的答案
紧缩成坚硬的果核
待到灵魂萌发时又要褪去
你曾与秋枯的所有相似

二九六

你深知　接下来
是什么在守着成熟
我披着秋天　得以从容地
穿行于贪婪　悲喜　腐烂

二九七

旧毛衣对我讲
所谓深秋
就是你抱紧了我

二九八

灵魂与浆果的成熟
皆是向内生长
若被不能接受的方式
填满　它仍是空的

二九九

当体会到水与水的差别
身在人群中的你　想必也懂了
海里　注定也有水的荒漠

三〇〇

凋落时刻发生着
只是恰好在十月
做秋天热烈的同路人

三〇一

人生各得其秋色
而有些秋至
无须落叶的首肯

三〇二

早雾　草地
一只橘子　滚到脚边
这熄灭了的月亮

三〇三

多年后去见你时
我旧外套的褶皱里
藏着诸多风尘与黄昏
我穿着我所有的迟到

三〇四

一些讲不明的话
都化作我身体里的落叶
枯萎　亦有枯萎的声音

三〇五

从前孤傲地悲
世界无一人像我
自知浅薄后　又悲
无一人不像我

三〇六

我的心事你也知道
像银桂开落
都向着金秋

三〇七

易被时代忽视的人
像一滴淡水
仍可有漂洋过海
而不染的勇气

三〇八

深山入冬
人们劈烧秋天
往日的凋落与枯尽
皆可用来取暖
人生亦如是

三〇九

起初也觉得悲伤肤浅
后来 的确是一道贯穿的划伤
只是当场暂未见骨

三一〇

白发
是等你的这段人生里
我保留着的一场初雪

三一一

从变淡　至转寒
人际关系不免历冬
但愈冻　水愈谦逊

三一二

从伤痕处
对换季格外敏感
每次不适
都被回忆问候

三一三

拓展自我
是在扩大着
能随时随地
回归孤独的疆域

三一四

我终于把往事钩织妥帖
时间粗糙抚过
又刮起线球

三一五

世界总是多准备一块面包
在我饿的时候吃给我看
诱我使用自尊喂养饥饿

三一六

我的丑陋
是刻意提防着
不被外人轻佻窥破
我的智慧和温柔

三一七

夕阳从你余光中出走
我仍怀揣着当年的傍晚
每每再遇的黄昏
都是我欣然写到的山穷水尽

三一八

山火一场
是寂寞与冲动的共谋
因不甘寂寞而燃起的烧
终归更寂寞　更荒寥

三一九

我与月亮相见恨晚
也只在历经黑暗之后
才识得明智与皎洁
必然会晚　必然不会怕晚

三二〇

可有可无这个词
若未被在意　便多倾向于苦
回味咀嚼时　你细读
可无　是否念做　苦

三二一

日记里常琢磨的名字
是岁月行窃时
留下的指纹

三二二

没有人天生冷漠
冷漠是出迎
抵不住寒流而往回走
那个从前的自己

三二三

拖延
也算一小种自信
对未来接力的那个自己
仍有几分信心

三二四

青山冬时不显老
偶有几处坟火
像是老人那样
借吸烟掩盖叹息

三二五

近晚才雪
如二人暗藏情愫
藏得下黄昏
藏不住皎洁

三二六

寒冷加深了
人们对冬天的偏见
温柔每遇阻
便有了雪的隐喻

三二七

新年总是熟悉的
我们祈愿　把部分自己
置于未来某个节点
抵达愿望　即是完整自己

三二八

曾经我会写大本日记
是为了防止零星的遗忘
不经意间
留住了完整的灰心过程

三二九

回忆应浅尝辄止
更不必深陷其中
泥泞时再下雪
已完全不再是
当初要下雪的意思了

三三〇

爱意至美时　都会闭眼
于是
我吻过你身上最早的夜晚

三三一

夜晚的我近乎透明
月光晒干我心中的黑暗

三三二

人呀　本应能
从磨损多的一侧
提早察觉出其倾向

三三三

时间的泥泞里
疑问止步于人性的疲惫
你见过多少种月亮
便见过多少种自圆其说

三三四

受命运的鞭笞
我去放牧群山

三三五

发现最难捕捉云朵
曾经误以为
最易驯养温柔

三三六

当你习惯独自落了又落
雪是热情
再难以捧起的安静

三三七

回忆总在隔靴搔痒
时间不仅做了这层隔阂
还是频频欲挠之手

三三八

天色暗漫　山影
铲去黄昏这层茶垢

三三九

岁月与人脸
其间必有一清澈
得以见其一浑浊

三四〇

为减少不必要的自耗
从此　我视谜题
作谜底

三四一

我的身不由己
躺在海底　问潮声
那些退潮的水
都去了哪里

三四二

伤疤　对我有所信任
赶在春前
把时间和故事
种在我身上

三四三

我视尘埃
是一段跌倒的香味
玫瑰看到我
会不会想起自己
被拦腰斩断的命运

三四四

所谓才华
是自己最寂寞的事
在无意中被他人
当作月光看见

三四五

能在悲伤中坚持行动的人
几乎没有任何弱点

三四六

有天我们从时间上岸
风浪已在皱纹里沉淀
我在你眼中浸透理想
你在我身上实现故乡

三四七

说起臣服于温柔
像是落日在低语
请玫瑰色的黄昏
收下我滚烫的头颅

三四八

临刑前
我再次鄙视命运
骄傲是我的佩刀
远比这断头台锋利

三四九

为与寒冷对抗
我不得不穿些寒装
若捱过冬末
恳请用春雪译我

辑三·险颂

遍群山者如莲出
那历经磨难的眼睛
重新凝视自我
想必你又从归途之上
出发攀登着什么

三五〇

春天催生分歧
让曾经相似的
接下来不再相同

三五一

对海的窗边
坠落的月光
全部跌入我眼里

三五二

保持陌生
是我对忍耐
最后的礼貌了

三五三

对于幸福
我并非缺乏感受
而是缺乏回应的力气
层层水坝　耗尽河流热情

三五四

幻听
是等在久无回应里的我
对世界还有一小部分
尚拒绝昏睡

三五五

纠葛越多　我越明白
为何　风
总能是一副要走的样子

三五六

春天的云
对人世动情便死
落到花间又重生

三五七

生命
若要在危境里求生
其核心里　总也会
带些有毒成分

三五八

或许他的样貌
是寄存在你记忆里
最后的一件行李

三五九

换季　点醒不知足的人
若无经历严寒做比照
早春会显得更冰凉

三六〇

来年春日煎茶
白水的淡然
都是去岁山中
冬雪的险峻酿就

三六一

少年被带回理发店
把头发染回纯黑
心事依旧金黄

三六二

倒春寒
像忍受　不再爱
却欲复合的索吻

三六三

当我能不动声色地回忆
我便凿透了时间的西墙
黑暗中亦有温暖的夕阳

三六四

周末是猫咪鼻尖
那点贪睡

三六五

以恰当的方式理解春天
她助长爱意和温柔
也同样助长荒谬

三六六

能写诗是人的幸运
但写出之后
大多就不再是了

三六七

我的礼貌
是饱雾河谷
生人近来
惊起悠悠白鹭

三六八

我记不清二十岁时
命运仓皇后撤了那么多
它在我身上究竟看到了什么

三六九

情绪　是伸向春天的枝蔓
来日刺伤你手指的荆棘
于此时也在柔软中发芽了

三七〇

春池里
是不甘心的曾经
一朵被溺死的云

三七一

人生这个概率题
灵魂越广袤
春天越萌生

三七二

冬日习惯了冰清
初春赠你瓷瓶
我的关心抵近透明
不妨你钟爱其他花影

三七三

朋友
你怎能用卧轨
来迫停那列
本就来碾死你的火车

三七四

你心里的晴日
却很容易被他人
一个躲雨的姿势打湿

三七五

破烂不堪
就做了渔网
或许以身涉险
还能缠住几个念头

三七六

临别前
劝朝颜与黄昏与我同去
这人间对美且久留的事物
都没有什么耐心

三七七

一切与朝暮相似
终归不是
比喻能被读懂的背后
都是侥幸

三七八

一入黑暗
我的影子总在试着
向四面八方走出我

三七九

淋湿我
从此雨用身体
记住我的轮廓

三八〇

在云上种树
时间成熟了
便落下雨

三八一

我应该懂得拒绝
只因　接受赠予会加深
他们对我喜好的误判

三八二

我偶尔做些
既遥远　又不准时的事
以此来折磨时钟和规则

三八三

孤芳
是春天造物疲惫后
最后自赏的才华

三八四

我来月亮的边缘看你
带着一场
由你引起的潮汐

三八五

沼泽解冻时
再不能承担重负
别近来　孤单的现状
即是对孤单原因的警示

三八六

在海边写信
你说那边夜夜有雨
夜夜心思流遍江河

三八七

镜子
是月亮落在我这里
一小块皎洁的心事

三八八

雨落春溪
太易被接受的
遂又担心随波逐流

三八九

不知心里酝酿着些什么
像春谷此时薄雾
自敛　含蓄　却未盲目
那些不清楚　清清楚楚

三九〇

已有太多遭遇
如夜雨了无痕迹
命运这般吝啬起来
连离别都不留给你

三九一

落根生长之人
方知花开
年年有所不同

三九二

数遍了所有的可能
已是不可能
日子寻常
是踏踏实实的失望

三九三

这滴雨将落海上
这次可否一沉到底
连同他生前
所有的半途而废

三九四

一下雨
人便是阴天的具体
雨也只是想
把脆弱的人藏进屋里

三九五

后来
他把邮筒撤去
在那块空地种花
一年四季都有来信

三九六

很少开怀笑了
想到也曾如新人般言欢
年龄遂有了厚薄
而我已是时间穿下的旧衣

三九七

花叶
可不靠人的目光做养料
无关　故而翩翩

三九八

岁月有它的伪善
时间从不做利刃
它惯常锻人为刀

三九九

从前我的孤独　是孤舟
苦恼无人做伴
如今我乐享孤独　是浅滩
船只往来　都离我远点

四〇〇

姹紫嫣红中　看他们争艳
我是憋笑般沉下去的深绿
我们的春日　就于此分枝

四〇一

淋湿后　雨在我身上
回想自己跌落的一生
是否也有人
用他自己的淋湿
接住了你的跌落

四〇二

即便在家
久不出门
亦怀乡愁

四〇三

人群是些不会变的文字
换季只是换了一种语气

四〇四

人身体里都有部分迷雾
与消散有别　我是
被豢养在地上的一朵云

四〇五

日记越是详细
越是清楚地冷讽我
遗忘在后面兢兢业业
总会做你自尊的收尸人

四〇六

失眠时
数心跳声
听时岁这趟列车脱轨
空转着车轮

四〇七

我用化石诘问自己
你究竟爱上的是
那份沉默不语的便利
可由你任意解读的
永无回应

四〇八

生活的阻力
使我确认了时间的方向
若暮春美得像一个起点
我甘愿被她占用一些夏天

四〇九

黄昏里　灰烬
疲惫地贴紧我额头
几近哀求道
空的　火里什么都没有

四一〇

夏初　有的人
套着自我菲薄的毛衣
在挨冻

四一一

实则是原地沉没
却被误认为离开
只有这种告别
没有任何响声

四一二

在大雾里
那是露水跟你讲起
他所经历聚散的人群

四一三

就涨潮吧
沙滩记不住的
用海来忘记

四一四

生命　在各自维度里
有各自生长的朝向
行人　无法嘲笑
树是在原地踏步

四一五

锈堕了　启林者
斧柄落地生根
长成新的荆棘

四一六

相较于阴闷的悬而未决
大雨倾下　获得一种确定性
我是这样理解的人生

四一七

夏日不恋
我仅于荒芜的枝丫中爱你

四一八

晃晃悠悠下山的人群
山脉亦有飘零的花期

四一九

听他们言之凿凿
然而谜底扩大
又是新迷呢

四二〇

某个时代太仓促
雨水还未渗透地表
就被卷走
一切泥沙俱下

四二一

夏日对我很好　他使那些
潜在的分歧与荒谬充分生长
再把结果交由秋风裁决取舍

四二二

阴天
就是不明不白时
用　或晴或雨
朝对方伸出一小段试探

四二三

身心仍有些棱角
在我性格上磨出个个破洞

四二四

要知道世上还有很多
无花无果的故事
他们仅有夏天

四二五

怀旧
会如何自蚀
它企图用斑驳锈迹
留住那些雨

四二六

昨夜我移情于月亮
把破碎还给星光

四二七

花朵使人忘记年龄
就这样　浪漫总是
意义落到坚硬地面之前
柔软的缓冲

四二八

天生不喜热闹
在夏日　命运
用种种喧嚣放逐我
不必再慷慨你的荒野
我自有我的荆棘

四二九

雨　用各色伞具写字
残句　断章
淋湿的人
是各类意义上的标点符号

四三〇

走出计较得失的惯性
溪水只有到了某刻
才能和瀑布言欢

四三一

有些人的聪明
在于给自己的愚蠢
找足正当性

四三二

影子
咬紧我的脚踝
如此日日夜夜的事
已有太多

四三三

花瓣燃烧时
他们像火场逃生般相爱了

四三四

伤痕类似于标记
此人是人群这部书
折页重读的部分

四三五

人生行路
孤独　既是我的负重
也是我的拄杖

四三六

久居阴天
即便屋内无雨可滴
也会有其他什么在落着

四三七

警觉这世界日夜不歇地
灌注精神上的肥膗者
它用荒谬　浅薄　欺瞒
如此盛情地宴飨我

四三八

有时候需要那么一场雨
使我流向你
使每个人心中的潮湿
边界不再鲜明

四三九

我走得慢
但在逆行的人群里
我又快又急

四四〇

千层楼亦不屑于跳
铺展不开我的灵魂

四四一

如后院小檐
我摆好自己的位置
或风或雨　或条或紊
都错落有致了

四四二

人亦会陷于
时时刻刻想突围的困境

四四三

风暴中的船骸
这般以死为爱
勇者　毕生只为找得
合宜的葬身之处

四四四

失眠到近乎羞赧
仿佛看见赤裸的自己
床边脱得满地睡意

四四五

游山玩水后
风轻云淡地对朋友讲起
此地曾埋过我这身大雨

四四六

我自顾自地走着
也只有在迷路时
看看同路人

四四七

人不堪的回忆
是在用一段时间
为难另一段时间

四四八

自由多出自勒痕
自由亦善作勒痕

四四九

茶凉之前
是去除茶垢的好时机
温热的告别　彼此方便

四五〇

自从人类掌握了火
便学会了幽禁光

四五一

腾挪从前的文字
我被隔离已这么久
唯月亮与梦探过监

四五二

檐雨下
水滴石穿的水　是人生
被水滴穿的石　也是人生

四五三

黑裙　无须做作任何
都是夜晚里
最清澈的一支舞

四五四

黄昏着急熄灭
像是关灯后有事要做
黑暗　的确也是
向内阅读自己的良机

四五五

回看我的文字
注定是　仅在歉收时
方显足贵的遗穗

四五六

夏天的梦　切肤一般确切
好与坏　都把我硌醒

四五七

回答　没有姿态
它从不做尘埃落定
总会有疑问
使答案保持鲜活

四五八

察觉到了　我是
时节之书落下的字
从此
我擅用夏热译写冷漠

四五九

日记的纸页　突然脱线散落
像声叹息　它受够了身上
那个反反复复的秘密

四六〇

连夏天都发作的冻疮
如何要时时刻刻
想着把它忘记

四六一

经验从来是单方面的
活人可以宣讲活着
死者却无法为死去辩护

四六二

爱觉醒之前
我们也不过是
被生命体征
暂时俘获的尸首

四六三

蜂拥而来的理解
连同这个世界
我试着一并礼貌地避开

四六四

苦难　本身是穷恶之徒
他不会带来任何礼物
连火光　灰烬　余温
本就是我身燃烧前的一部分

四六五

把阴天的似是而非
理解出深意
安慰后来被淋湿的自己

四六六

承认失败
是我对于这个世界
过剩的真诚

四六七

圆缺都捐给人间
今生是我负尽月亮

四六八

管它有人无人　深山
都紧裁着自己的衣裳

四六九

真理为何流浪
问题的答案缺失太久
那答案反而成了多余

四七〇

小路于荒野中行走
只是常常把行人弄丢

四七一

此前海雾飘渺
使孤独更为广阔
足以穿过鲸脊和邮轮
连同我今生所有
沉潜与错过

四七二

哪怕是秉着
彻底失望后的那种耐心

四七三

你起起落落的人生
最后　是涟漪接纳了你

四七四

随河流的讲述
我来到此地
海浪拍湿了我的身体
把你流过的眼泪还给你

四七五

去探望地平线
他说总要背负着什么
为他卸下日月
他又转身背起山海

四七六

蹚出河滩
以前是我高估了苦难
如果当时没有跪下
夏天也就淹到膝盖

四七七

到最后　和这个世界
注定是情人关系
我生你的老
你病我的死

四七八

一夜大风
是否盘古创世至今
深有悔意地叹息

四七九

初秋天色
是夏日还未走远
有很多话没说完的深蓝

四八〇

若此世界
因才华而重创我
我甘心提头来见

四八一

你尚不知
秋天的另一番播种
却也于暗中熟稔
使未来注定叹息的技巧

四八二

风再来时
清爽如曾经是你
耳语道　现在
终于熬过去了人生

四八三

会有个镜子般夜晚
你往事里的月亮
又满到溢出眼眶

四八四

智慧在早霜中晚熟
苦涩　是年岁必经之咸
但不必喻之为盐

四八五

秋天是我赤贫的故乡
入夜的塘面起雾
玻璃挂霜
倒影里都不敢亲吻月亮

四八六

白露后　他学会了
从露到霜那样
哭于无言之物上

四八七

你看
他们烦恼得滋滋有味

四八八

虽病身
生　是执火看向自己
我仍有蜡烛流泪的勇气

四八九

生日
每年写到此处便放笔
断茬齐整
像被什么锋刃刀割

四九〇

捷径
是早已偷换了终点

四九一

再理解时
短辞是车站
长篇是路途

四九二

此时秋水皴皴
如看着亲人
脸庞逐渐老去的陌生
再无力映照出我

四九三

灵魂发于柔软的内核
如一颗秋天的榛果
人到无力处　变得坚硬
你终于摸到了自己的外壳

四九四

夜里大风饥肠辘辘
敲我门窗
烛火摇曳几度熄灭
怎么　你是讨要
我这点仅剩的光阴

四九五

道旁桂花落衣领
如细密小字
芬芳追身许久　是耳语
把秋天咬得细细密密

四九六

那件最合身的毛衣
在柜子里露出一角　就像
在人群里最先看到的故人
温暖就是不必费心找
我永远在离你最近的一次秋

四九七

我身上同时走着很多钟表
那些落叶　新雪　遗忘
太多擦肩之物
都是时节里
自我身脱落的指针

四九八

秋天能把已凋敝的　正金碧的
都索然拂去
于宠辱　我真该问秋风
再多借一些勇气

四九九

黄昏与我平分秋色
不必吝啬赞美
只因　赞美他人
何尝不是暗自期许

五〇〇

我身上时刻醒着一些白日梦
不会让现实过于放纵

五〇一

换季　收拾旧衣
想起这些年里
已把太多的自我匮乏
做了对他人的难舍难离

五〇二

那截断藕
宁仰脸溺死
他在枯荷时就从未低头

五〇三

你喟叹淤泥的荷
我更情愿你能过河

五〇四

雾里那棵树
强忍着清醒的冷
在这人世间
穿上多少个冬天
都显得单薄

五〇五

其实是虚无的人
在惧怕自己的影子
于是　他们扑灭
黑夜里所有灯光

五〇六

心意　如此
再小的杯口
也容得下一轮满月

五〇七

围脖
冬风里　肌肤的温热
也最抵近咽喉的沉默

五〇八

某个年纪
人就会被塞入社会
仿佛是被井壁定义了的
你是井水

五〇九

尚不知
我自墙体这般开裂
是被风蚀
还是被岁月深知

五一〇

在湖心
一直结冰
一直积蓄透明

五一一

走过一处烟火的标注
我想你是直面山火的那棵树
避无可避之时　你会去说服火
还是会说服自己

五一二

月光中我看着伤疤
这样就明白了
夜色唯在夜晚之中

五一三

忽而明白　此人是
命运每饮苦酒惯用之杯

五一四

耳鸣　幻听　岁月鼓噪
如有斧凿之声
有人用时间取舍雕刻
有人仅剩被时间剥夺

五一五

以大雪的口吻
说起未曾见面的这些年
你我之间怎样落满人群

五一六

白雾浓时　形同暗夜
净水深处　亦如黑渊

五一七

寒冬至此
在冰恐惧的眼里
水是燃烧
雾是沸腾
雪是温柔浪漫的投机

五一八

大风中门窗漏风
我是这道呜咽
却也是某个角落的大风
仿佛有哪些缺裂
是我们非经历不可

五一九

檐下听雪水淅沥
融化后沁入土地
以放弃自己　而被接纳
感觉又作如何

五二〇

经历了冬寒的减法
当命运在你身上施以剥夺
你抱紧的那部分才是真我

五二一

陈旧冰碴上又来新雪
冬末的寒冷仿佛问我
现在可否还辨得清
温柔与温驯

五二二

对抗似是种徒劳
可徒劳总归是尚与死亡对抗着

五二三

雾气走向我
独木倒向我
漂泊的
先认出我身上的湖泊

五二四

悲观绝非悲伤
能从悲伤中玩味取乐的
才能称之为悲观主义者

五二五

生命大多无须规劝
风似的宛转
迷路就是他们的目的地

五二六

反抗至今
厄运对我业已贫穷
只剩些故作神秘

五二七

给我拥踊中的独处
给我长叹里的意赅
给我大雪封山
仍怀的虚谷

五二八

人们指认此处曾是海洋
原来那段颓坍的枯崖
早已在岁月里饮干了潮汐

五二九

高傲是我的中庸
用来平衡苟活至死的缓冲
到最后　你不得不
这样理解世界的自私
他曾企图用限制和困阻抱紧你

五三〇

有种美　肃穆　惊险　屏息
仿佛自动回绝了你
壮美的困阻绝非想你止步
而是在意义的更高处
与你再次相遇

最后　祝沉默
松开言语
套在你身上的缰绳